歌集

# 靴紐の蝶

畑中秀一

現代短歌社

# 靴紐の蝶　目次

# 靴紐の蝶

## 半玉キャベツ

冬に向け雷鳥の羽生え替わる　人事異動は一月一日《いっぴ》

インドへの赴任辞令を妻に告ぐ梅のつぼみの指に冷たし

赴任前にインク切《ぎ》れせり愛用の四色ボールペンの緑が

単身の赴任先へと離陸して斜めになった座席の小窓

仏壇も神棚もなき単身の住まいに据えるガネーシャ・グッズ

今朝もまたＰＭ２・５に満ちて霞んだ空のデリーにひとり

週末にアイロンかけて静めおりさざ波のごときワイシャツの皺

ヒンズーの国の夕餉に哲学を野菜スープに混ぜて食いおり

単身の暮らしに家事をたしなみて心ひそかに老後に備う

ひとり居の部屋に笑えばその声も笑顔も壁に吸い込まれゆく

メスのみの人魚はいかに殖えるかと考えてみる一人の夜に

ジプシーの少女が物乞いせしあとの車窓に残る小さき手形

感動にひたる暇なく出勤すタージマハルを観し翌日に

秋晴れのムンバイ支店のオフィスにて出されるままにまたチャイを飲む

ひさびさの一時帰国の熱燗で正月気分を盛り上げておく

インドでは手に入れづらき食材に満たされており重箱の中

後ろ髪ひかれつつまた乗り込みぬバンコク経由のデリー行きへと

腕時計しばしながめて三時間半の時差また機内で戻す

夜半着けるデリーの部屋で荷ほどきをしては棚へと置く無洗米

野良牛は冬木の下にあらわれて一月の朝かがやきて見ゆ

半玉のキャベツを買いぬこの街の誰かと今宵分け合いたくて

船便で「黄桜」取り寄せ人知れずちびちびいただくデリーの夕べ

インドより楽天経由で母の日にちあきなおみのＣＤ贈る

ときめきは再び湧きぬ街角にブーゲンビリアの花咲き乱れ

「もうお風呂入ったかな」と時差かぞえ日本の君を想う秋の夜

ベランダの鳩にはできて現し身の我にはできず番いでいること

単身の暮らしに思うわが妻と今は遠距離恋愛中と

買い物の最後は妻が健康に良いとのたまうリンゴ買い足す

デリーでの半日ドッグ段取りはやや悪くとも安らかに受く

肌のいろ白き野良牛あらわれて沙羅の木陰に菩薩のごとし

## 点滴スタンド

尿検査の結果にありし鮮血の原因さぐりてたどりつく癌

一人でも為しえる入院手続きを妻と為しては煎茶に憩う

インドにて精密検査を受けてのち母国で受ける手術は明日

あらかじめ妻に頼みし写真見る摘出されにし腎臓ひとつ

我という濾器《ろき》を介する流れあり点滴管より採尿管へと

いちじくの中のすこしの空洞に守られている気分の夜だ

マイペース保ちて落つる点滴のしずくに「急くな」と告げられており

病院の見事な分業体制に感心しつつ回診を待つ

看護師は朝な夕なに入れ替わり日々に咲き継ぐ朝顔、夕顔

入院の醍醐味だよな真夜中に点滴スタンド連れて用足す

病棟の静寂やぶる中庭の八重のくちなし八重のやまぶき

でで虫を雨に返してゆっくりでいいよと戻るわが病室へ

闘病の息継ぎのごと院内のファミマで五円寄付する夕べ

角《かど》と角かさね折るときズレを生み個性を競う千羽鶴たち

中庭へ無事着地せり病窓より放ちし夜半の紙飛行機は

管とれてスタンド連れぬ身となれば新聞買いに売店へ行く

あらためて「五臓」の意味を確かめて4・5臓のわが身と知りぬ

病床を楽しみており今朝もまた「難有り、有難し」と言い聞かせ

再びは来ずに済むようガネーシャに拝んでおくよ退院の朝

病室のテレビカードに残ありて退院荷物に忍ばせておく

カーテンを開ければすずめ飛び散りて後には朝の静かなる庭

古き鉢ほりおこすにや臥す床に聞こゆる妻の庭仕事の音

浸潤性高い癌だと知らされて踏み入る竹の藪の静けさ

傷口の痛みあかあか残れども鮭のぼるごと職場復帰す

しっかりと暮らしてゆこう生前と呼ばれるはずのこの日この時

「その歳でインドはつらい、すぐ帰国するべし」という診断のあり

リビングの壁に残れるインド地図今朝はいささかゆがみていたり

引継ぎをほとんど終えたオフィスにて部下らと憩うチャイ飲みながら

三年の任期を終えて去ってゆくインドの街に今朝も野良牛

空港で「買っていけよ」と誘ってるガネーシャ・グッズにほほ笑み返す

## スペインの雨

さっきまで腰の一部のようだったパテックスまだ生ぬるき朝

満員の電車の中でとなりとの距離はマイナス2センチとなる

駅ごとに停まる列車が〈普通〉なら普通ならざる急行列車

通勤の電車から見る淀川のほとりに憩うホームレスの輪

ＯＬの暮らしと歳が手の甲に滲み出てます朝の吊り革

いろはすはリュックの対のポケットに網のタイツをはかされて立つ

網棚の上で一度は寝てみたし持ち主不明の荷物となりて

我もまたその一人にて地下鉄の二分遅れに腕時計見る

あと幾度重ねるだろう春が来て花見することと異動すること

春の日のコンクリートの小屋に立つ象は静かに鼻振るばかり

コピー機に用紙を補充しながらも空の歌詠む真昼のオフィス

禅問答ふり切るように電卓のソーラーパネルを小指でふさぐ

ホームラン放ったように三菱の口座に入る夏のボーナス

盆休み前の仕事は片づいてデパ地下に寄り見つめる和菓子

訛りある車掌の声に癒される残業帰りの最終電車

＊

乗務員の控えの席と対峙して目線にこまる離陸・着陸

身動きのとれぬ鶏舎の片隅の夢から覚めて食む機内食

時差ぼけの頭に霧の立ちのぼりかすみゆくなりパソコン画面

当然のことながら我が時差ぼけは出張先の憐れみを得ず

ここだけは俺の時空だ連泊のツインの部屋に今宵もひとり

白シーツ前抱きにして骨壺を抱えたような客室係

四時間は眠れたような　セミダブルのホテルの部屋で二時に目覚めて

二日目の仕事を終えてあと二日だましだましでゆくほかはなし

時差ぼけのせいにしておけあれこれと思いめぐらすこと多き夜は

連泊の最後の朝に枕銭置いて立ち去るホテルの小部屋

不真面目なビジネスマンは空港のゲート前にて歌詠みふける

乗り継ぎまで時間はあれど寝不足のまなこでパソコン見る気力なし

乾かさず出張先より持ち帰る折りたたみ傘のスペインの雨

卓上の未処理トレイが賑わえり出張明けの朝のオフィスに

歌会へとたずさえたきにお土産の賞味期限が切れてしまえり

## 靴紐の蝶

一週間遠回りする朝の道さくら咲き初め咲き終わるまで

定期券入れ間違えたふりをして堰き止めてみる朝の人波

オフィスビルの朝のロビーに流れてる鮮明すぎる鳥のさえずり

三度目のぎっくり腰はオフィスにて重要書類持つ刹那来ぬ

いややけど認めたるわというときは決裁印を逆さまに押す

よくまわる独楽の静止のさまに似て超多忙の日澄みわたりゆく

アスファルト押し上げてゆく街路樹の根のように為す深夜残業

放送に聞き覚えある声のして車掌も今夜は疲れいるらし

電車にて舟こぐ人の横にいてやがて舟着き場となりぬべし

さっきまで地下鉄だったことをもう忘れて月を浴びてる電車

カバーせず本読む女にカバーせぬ理由ききたき夜の急行

終電の去ったホームに日時入りの付箋ひとひら夜風に揺れる

おぼろ月がくすんだ魚の目のように見える日もある踏切の前

真面目さを確かめており真夜中の誰も通らぬ赤信号で

パソコンで疲れし指を放ちやれば影絵の鳥になりて飛びゆく

「お月さまきれいですよ」という妻のメールに憩う残業帰り

朝とらえ夜とき放つ靴紐の二匹の黒き蝶を飼う日々

明日からは師走というに片づかぬ仕事はらはら散る紅葉かな

つつがなく冬のボーナス支給されまた頑張ってみるかと思う

源泉は掛け流されず無情にもわが給与から税金を抜く

午後休を取ればひとりの冬晴れに小旅行めくいつもの家路

なかなか来ぬ仕事納めとすぐに来る仕事始めのはざまに休む

愛用の図鑑の馬はどれもみな左を向きて立たされており

平日の閉店まぎわのデパートを遡上しながら靴買いにゆく

旅行社にもらいし暦の週末に記すは「休日出勤」ばかり

歌会へと行けずこもりし日曜のオフィス出ずれば歌湧きにけり

靴ひもの蝶の行方をオフィスから海へと変える或る朝のこと

たましいに餌やるように平日の海遊館を丹念に見る

身だしなみいつも通りに整えて九時に自宅の机へ向かう

テレワークの昼の散歩でマンションの完成までを見届けており

七並べ

足を病み社交ダンスをせぬ母のタンスに掛かる真っ赤なドレス

「千寿」より「極楽」がいい　名前にてスーパー銭湯えらぶ老い母

独り居の母の暮らしを推しはかり蜂蜜そなえる父の命日

ほほ笑んで「元気やから」という母のベッドの下の施設のパンフ

あんなにも嫌がっていたデイサービスのデビュー果たした母のほほ笑み

月曜のデイサービスで「歌姫」と呼ばれる母の声かすれゆく

職員に笑顔あふれてここならば託してもよし母の老い先

いつか来る看取りの覚悟めばえ来ぬケアハウスへの母の入居に

「脳トレにええわ」と誘う老い母と施設の小部屋で七並べする

忘れ去ることにも慣れて老い母は仏のように白湯を飲み干す

兄さんがほしかったという母は今も長女のままでケアハウスに居り

ケアハウスの暮らしに慣れてゆく母の夕べに愛でる八重の山吹

老い母の話し口調は少しずつかつ確実に仏に近づく

負けたさは勝ちたさを越ゆ認知症わずらう母とする七並べ

イベントのなきに加えて家族らの立入禁止が母を追い打つ

コロナ禍はここにもありて日々生きる楽しみ失せぬ老い母の眼は

*

色花を好みし母の祭壇のピンクのカサブランカの香り

こんなときもお腹は空いて母の通夜打ち合わせつつおにぎり食らう

持ち慣れぬ長き箸にて入れ慣れぬ壺へと納めるまだ熱き母

母つけし赤丸のこるデイの日に遺族としての挨拶にゆく

良くなれば母が暮らせるはずだったホームのパンフを捨てる初七日

亡くなった母の暦の赤丸で囲まれた日は謎のまま過ぐ

亡き母の裁縫箱の中にいて輝きやめぬ銀のゆびぬき

初七日のころにはありし母よりの最後の受信履歴の失せぬ

まひるまの墓石の裏のアマガエル赤き我が名の窪みに眠る

墓石《はかいし》のまわりに生える雑草にも意地あるらしく根までは抜けず

父の名の横に母の名きざまれてそのまた横の墓石の余白

うしろから唱歌きこえて自転車の媼がわれを追い越していく

シリアルの箱を振っては骨壺もこんな音かと想う朝あり

母逝きしのちの五月もアマゾンの母の日ギフトの案内は来ぬ

昼の吊り革

デニーズの跡地に佇《た》ちてまた一つ消えし平成ながめていたり

握られることなく昼の吊り革はただ揺れており私とともに

牛乳には秘密にしとく　豆乳に浮かぶ膜には名のあることを

苛立ちをおさめたいのか行列を仕切るロープのほどよい緩み

いくつものライト浴びてはいくつもの影引き連れる早乙女太一

板チョコを分譲してゆく昼下がり不動産屋のティータイムにて

肉じゃがの名前に入れてもらえない玉ねぎが好き　私のようで

世渡りは上手になれず夕凪の橋にもたれて海を見ており

生きている証に今朝は新聞の大学入試問題を解く

屋外に設置されてる図書館の返却ポストに降る春の星

命なき鳥のさえずり週末も青信号に鳴りわたりおり

大阪もナマモノだから刻々と腐ってゆくぞ動かなければ

殉死という死語おもう春ふるさとの古墳群にて陪塚に寄り

へこたれた気分の夜は冷蔵庫の奥の桃缶ひき寄せて食う

日めくりをめくり忘れて辛かったきのうとおととい共に秒殺

食べ終えし巨峰の皿に乱れたる家系図のごと身をさらす枝

南国の海の景色のマグネット　そこだけ晴れの冷蔵庫前

鬼太郎のメロディーながれ少しだけ翳ったような夕べの街角

生きている証しの時間がほしくって夕暮れスタバに座席をさがす

ストレスの強さを測る利器としてもぐらたたきのもぐらを叩く

乱されしワゴンのポロシャツほどほどに整えてゆく女の手さばき

満たされぬ日々の証か歯ブラシの毛先さやかに朝ひらきゆく

奥の方にむかしの佐藤がいるような太ってしまった佐藤の笑顔

ジョン・レノンの声きいてたらどの曲も「諸行無常」と聞こえてやばい

配役で分かってしまうサスペンスの犯人今夜は小日向文世

世の中の誰かと今宵一匹の魚を分け合いたくて、鯖缶

死の際《きわ》はかくありたしと思いつつ消えゆく冬の虹ながめおり

世間からはじき出されたような日はシフォンケーキの空気がうまい

ボールペン筆圧だけで輪を描けば「遅れてごめん」とインクが出だす

幾晩もただ聞くばかり打ち寄せる氷枕の中の波音

## 或る一週間

朝早き環状線に乗り込んでぐるぐる廻っていたき月曜

ガラス越しに隣車両の諍いを無声映画のごとく見ており

誰からもポケットティッシュ渡されず通り過ぎゆく夕暮れの駅

賑わいの中の一人となりたくて買わずとも寄る宵のデパ地下

背表紙に「ストレス」という文字ありて気づけば本屋のレジ前に居り

ありふれた夜がまた来る初恋の人を偶然見かけた火曜

路上にて一人閉じれば始まりぬ小雨あがりの傘閉じ絵巻

独り言なれど聞こゆる終電の車掌の指差確認の声

秒針が8から9へ上がれずに「電池かえて」と地団太を踏む

社員という現実まとう前に飲む白湯が身にしむ水曜の朝

バス停で生き急ぐなと告げるごと時間調整する路線バス

抜かさるる路線バスより抜かしゆく観光バスの客ながめおり

Uターン禁止の青き標識が「前へ進め」と我を励ます

うれしいと向こうで勝手に決めつけた「うれしいお知らせ」届く木曜

本屋にてうつ病の本ひろげては簡易テストで確かめてみる

幾たびかホステスさんとはしたものの妻とはしてないポッキーゲーム

手間かけて救うに値するほどの人であるらし　救急車走る

よく使うカード数枚先頭へと財布の中で競う金曜

デパートの客は生きる気まんまんでそうでもないのがコンビニの客

スーパーの衣服フロアの片隅のついでのようなメンズコーナー

忘れもの同士の傘が寄り添って語り明かしたローソンの前

土砂降りにワイパーとめて人知れず青になるまでキスした土曜

旧仮名で「ききやう」と書けばなお深くむらさきに染む桔梗のつぼみ

花ばかり見とれておれどひとつとて同じ柄なきシクラメンの葉

ゲーム機のマリオは右へいにしえの絵巻の話は左へ進む

水やりのホースの先を〈霧〉にしてながめていますす束の間の虹

「お前らも大変だな」とベンチにて寄り来る鳩と話す日曜

ジグザグの泥は路への置きみやげ仕事を終えた耕運機が行く

ふるさとが村役場から区役所へ変わりゆく間に失くした野原

列車とは呼べぬ一両編成のふるさと走る孤高のディーゼル

## 木瓜のくれない

この春もツバメ舞い来て店先の制空権は支配されたり

菜の花を夕べに買えば健気にも朝の厨に一輪ひらく

すずめ語を知らぬ我ゆえ雀らの庭に花咲く話に入れず

定住権あげたつもりはないけれど狭庭にひらく蟻の巣の穴

春まひる見てはならないものを見た気持ちにさせる木瓜のくれない

暮らすとは四季にこの身をさらすこと葉桜しげる朝道をゆく

連翹の燃えさかる黄のまぶしくて早歩きして通り過ぎたり

倒されてなんぼやねんで道ばたの車前草今日も踏まれては立つ

この店のナンバー1のジャムパンが見ている窓に黄蝶の舞えり

青空へてんとう虫は飛んでゆき置いてけぼりの僕のゆび先

喪の幕の黒と白とを行き来する春の蚊のおり遺児のあたりに

遊園地の肋のごとき骨組みの回転ゲートをすり抜ける蝶

蝶々は頼りなく飛ぶ旧仮名は「てふてふ」なるを知ればなおさら

あじさいを食べてきたのか紫に黒光りせり梅雨のカラスは

絞りたる手拭い浸せばあさがおの蕾のごとくふくらみゆけり

だんご虫が疲れて丸くなれぬまで何度も小突いて丸める遊び

ベランダにも晩夏は来たりコガネムシ仰向く足のほのかなもがき

抱きたさを残したままで虫かごに仰向く蟬のなきがら弔う

不自然な自然が四季をめぐりゆく都市公園のベンチにひとり

それぞれに違う海からやってきてイオンの棚に居並ぶ魚

子鯨もともに流れる羊水もみな受け入れて肥えてゆく海

幾たびも轢かれゆきしか里道にへばりつきたる焦げ茶の毛皮

世間からはじかれた夜はダイソーの多肉植物コーナーに寄る

地図にこそ清く青けれ汚染され鮎も戻らぬふるさとの川

にごり川ここより遠きみなもとの清き流れを恋う鷺のこえ

箕面の滝見ながら思う滝壺にそそぎこまざる飛沫のゆくえ

断捨離の妨げになるよれよれの小学館の昆虫図鑑

矢印に指示されており週末に癒されに来し植物園でも

生き恥をさらし生きつぐ冬の湯に小蝿一匹もがいていたり

根切りして命の危機を感じさせ椿に花を咲かせるも人

## ボン・ジョビの笑み

容器から放り出されてみずからの重みにゆがむゼリーの気持ち

舌と舌からめ合わせるひとときあり焼肉屋にてタン食いおれば

隅にいる赤い口した小魚の中身押し出し寿司弁たべる

えらそうに「お〜いお茶」とは言えぬ身の渇きをいやす〈お〜いお茶〉にて

長かりし闇よりさめて缶詰のみかん照るなりスプーンの上

お豆腐にお醤油かけたらお互いに形を変えて寄り添う大豆

コーラスで歌う仕草にオフィスでは見せない覇気をにじませる友

紳士服売り場さまよう　紳士ではないとつくづく自省しながら

二千もの福耳をもつ千顔の観音さまに微笑みかえす

風呂敷は正義のマントふるさとの丘になびきし唐草模様

チョロQの小窓から見る懐かしき実家の壁のボン・ジョビの笑み

虹はすぐ消えゆくものと知りながら消えゆくまでをまた見届けず

燃やしても燃やしてもなお燃え尽きぬ炭火の奥にひそむ木の意地

腹話術の人形の顎うごくとき腹話術師の顎そよぎおり

島国というは知りつつ「島民」とは思わざるまま本州に住む

この先に桃源郷があるようなローカル線の心地よき揺れ

旅先の案内図にもわが居場所すぐ見つからず暮れる街並み

岬より船乗りたちへとどく灯を旅の宿にてながめていたり

目に見えぬ風の姿を映し出すひとひらの羽ひと知れず落つ

朝刊をたたみて置きぬ誕生日なりし昨日の夕刊の上

ほの紅く能登半島の浮かび出てやぶ蚊の画布となる妻の腕

連載の不倫小説読み終えて妻はしずかに紙面を閉じる

ロウソクの芯を沈めて火を消せばにわかに濁る蠟のみずうみ

山鳥を初めて見し日は寝床にてながながし夜を図鑑と過ごす

朽ち果ててゆくばかりなりどの杭も打たれしときの角度のままに

入れ替えて捨てる仏花をくるみゆく紙面に歪むトランプの笑み

キーワードの検索履歴が羅列され昨夜の俺がまだいる画面

降りたなら我はつかのま異邦人たったひと駅手前の駅で

運ちゃんへ至るド派手な経歴を聞かされている夜のタクシー

# 「わたくしが主役ですの」と大阪のメトロに紅ひく御堂筋線

## 蟋蟀の独奏会

庭先の赤い椿は色を増す文語調にて「赤き」と言えば

くれないの椿落ちたり卓上の一輪挿しにみどり残して

歌会《うたかい》を終えて立ち寄る和菓子屋の店先に咲くさくら餅ふたつ

山道のお地蔵さまの福耳に俗世の愚痴をこぼす春の日

雌花へとたどり着かざる腹いせか花粉は春に人を悩ます

どぶ川は花の筏をちりばめて春の仲間に入りたいんだ

羽化させてくださいませというように斜めにかぶる麦わら帽子

チューリップのひらき切る花みるようにながめていたり乙女のあくび

杉の木にできて人にはできぬことただまっすぐに伸びるということ

鳶がゆく　青空という画布を背に一筆書きの弧をずらしつつ

えんぴつは深緑色ゆっくりと削れば香る樹木の恨み

風鈴が身がまえている　ダイソンの新しく来た扇風機の風

殺すという意志をはっきり持って押す真夏の夜のキンチョースプレー

たましいは樹々に遊びてひぐらしは和讃のごとくわが胸にあり

雨あがりの陽射しに透けてカマキリの内翅ゆれる朝の舗装路

葉脈のようなみどりの筋きざむ羽ふるわせよ七日目の蟬

鳴き終えて逝きし蟬へと草陰で弔い唄をうたう蟋蟀

盆明けの狭庭にひとり蟋蟀の独奏会を無料にて聴く

古本のページめくれば押し花のように貼りつく大きなやぶ蚊

ひらかないアサリが告げる　人間に殺《や》られる前に逝ってやったと

捨てられしさざえの殻の内側に虹のありけり生ごみの中

売れ残る秋刀魚についた〈半額〉のシールをそっと剝がしてやりぬ

雨降らす前線ふたつ連なりて日本海へと舞う渡り鳥

電飾を巻きつけるなよ深夜まで照らしやがって　枯れてやるから

風に乗れ柊の香よ暗闇に白き花びら浮かばせながら

カレンダー逆に丸めて巻き癖を取れば表紙の仔犬が笑う

初雪よやさしく積もれ夜通しの工事現場の砂の山にも

正体が消えそうになる冬の夜はこしあんよりもつぶあんが好き

白梅がひとつ咲いたと書き添えて節分の日の日記を終える

グーにパー、チョキもいるよね　ふるさとの小道に芽吹くふきのとうたち

## 秋晴れの空

ツグミらは香車か桂馬か春の野を将棋の駒の歩みで進む

ステージの手話通訳の胸もとは花咲き蝶舞う言の葉の里

つくり手は男だろうよいにしえの憧れきざむ土偶の乳房

アラブより漏れ来しごとく出光の店舗に梅雨の風吹きわたる

コブよりも気になっている一旦は下がって上がるラクダの長首

生きるってやっぱり痛い　たまきはる命にひそむ叩くという字

我がまた麴の効用かたるとき妻は静かにテレビをつけた

電話しつつ充電コードに繋がれて束の間ポチの気持ちがわかる

よく錆びた十円玉よ国宝の鳳凰堂に無礼じゃないか

その指でつまびいてよと告げているプッチンプリンの裏底の爪

子供らにいろんな髭を添えられて恥じらいがちな横顔の子規

みずからの重みに垂れてそよぎいる凛とは咲けぬさるすべりの夏

岩かげの茗荷の花の浄らかさ摘もうとする手をまた引きもどす

つゆ草を清らにぬらす朝露はゆうべの月の光をやどす

信号に閉じ込められて赤・青に分かれてしまった男がふたり

イヤホンとメガネとピアスとマスクしてタコ足配線めく妻の耳

入口に消毒液の香の満ちてお見舞いモードへ切り換わりゆく

手分けして柩をかつぐ男らの中にまじれる遠縁のわれ

たっぷりとしもぶくれした洋梨のどこか哀しき傷つきやすさ

おばさんと呼ぶには若いヤクルトの売り子に浮かぶ容器のくびれ

ベランダにポロシャツ濡れてラコステのワニが日本の秋雨を這う

ゆうべ見た夢のようだねさっきまで地下鉄だった窓に三日月

遮断機が下りて待つ身の束の間を不意に吹き抜けゆきし逝きたさ

非常時のための階段ここならば泣いてもいいよね非常時だから

ぐちゃぐちゃにこころ乱れる夜のため捨てずにぜんぶ残すプチプチ

三日月を肴にひとり飲む酒に一行詩めく煩悩ひとつ

「湯加減はいかが？」と聞かれることもなくデジタル表示の温度を上げる

湯舟にて再現してみる夕べ見た亀が頭を沈ませるさま

ラベンダーの香りやさしき線香の効きめか夢に母のほほ笑み

誰もみな誰かの他人であることに慣れてまばゆき秋晴れの空

## 銀色の菊

全力で暮らしているか　駅伝に打ちのめされて過ごす正月

栞へと封じ込まれて亡骸をさらしつづけるパンジーの花

遮断機の音を聞きつつ人生を振り返る夜半　回送車ゆく

着メロにボレロを流す人のいて朝の電車に湧きくる微熱

社員という芝居の第四幕にいてリズムよく打つ辞職の扉

つきし世辞つかれし世辞の数々を集めて燃やす退職の朝

ロッカーの中の鏡を拭きつつも退職の日の我を映さず

明日から日々には通らぬ改札を花束かかえながらに出でつ

雑踏をすり抜けるワザ身につけた四十年の通勤終える

昨日までの肩書きとれて一介の趣味人となる今朝の陽を浴ぶ

ようやくの隠居ぐらしに「支店」から「枝」へと戻す「branch」の訳

閉じざまにパンパンさせてつきまとう世事ふり払うごとく傘閉ず

駅前の関西みらい銀行で口座をひらく順番を待つ

がんばってきた者たちよ隠居して誇らしく書け「無職」の二文字

病歴の欄には癌と辞書なしで記す術後の四年目の春

うつし身を内より照らせり人はみなにくづきという月を宿して

美術館ひとりでめぐる平日の我と等しき人さがす朝

クロモジの楊枝で切りし羊羹の切れ目に咲けり午後の静けさ

市政だよりくまなく読みぬ丁寧に暮らしゆく身の醍醐味として

つましさとつつましさの差　銀色の菊の花咲く五十円玉

いつの日か私の身にもやってくる電車の席の〈譲られデビュー日〉

夜半ひとり鼻毛を抜けば指さきで見事なまでに銀びかりせり

あまり気味の白髪染め見てわが妻がほほ笑みながら「毛のあるうちに」

陰毛にもちらほら白きを見つけては老いすこやかに迫りいるべし

忖度のなさが毎朝心地良いタニタのデジタルヘルスメーター

うつし身の酸化と呼べばこころもち文学的な老化現象

世間では耳鳴りと呼ぶ症状をしぐれと呼んで蟬と語らう

墓場にてお隣となる人達とすれ違ってるかもしれぬ街

墓前にてわが身浄めるごとく取るひと月分の筒の水垢

山門のかなたに見ゆる本堂の背に立つ杉のすずしかりけり

芯のなきホチキス

あなたから笑顔とともに受け取ったポケットティッシュこれで七つ目

好意から恋に変わっていたことを気づかされてるわが詠む歌に

うぐいすのさえずり聞きつつ君おもうふるさとの春ふみこめぬ恋

銀輪に春風吹いてTシャツに孕めば恋が加速する朝

戯れに指相撲する僕たちの恥じらうような親指ふたつ

初キスを果たせずふて寝した夜の秒針の音は舌打ちめいて

素敵だよ素顔のほうが梔子の八重より一重の花を見るよう

びわ食べて卓に残れる大種の艶にドキリとさせられて夏

逢えぬのに逢いたき夜を焚きつけるごとくに東京タワーが火照る

パーカーの万年筆で書いてゆく君の気に入る綺麗な木の名

スタジアムのすいた座席にそこだけが離れ小島のような僕たち

いい卵を産むのでしょうか君をかみ私をかんだ苑のやぶ蚊は

遠恋の醍醐味ですね台風の進路で繋がるあなたと私

君想うひとときに心しずまりてほおずき色に染まる夕雲

人知れず文鳥となり君んちで君に飼われて君の手に乗る

遠距離の二人が見てる違う日の違う時間のナイトスクープ

あと二分あなたと話せる東寺前　京都市バスの接近表示

逢いたいと思う心に冬の星ひとつ流れてクリスマスイブ

雪よりも「好き」が積もってこの冬の「積好き量」は測りかねます

万年筆の書き心地にも似て君はいい塩梅でからんでくれる

向こうへと傾くきみの歯ブラシをこちらへ向けてみたりする朝

芯のなきホチキスぎゅっと押すように日暮れまで居た待ち合わせ場所

君の誤解とけますようにシクラメンのつぼみが二つ今朝ひらきゆく

憂鬱が宿ってますか頬杖をついてる君の肘の下には

さよならの代わりに君が差し出した握れば君と分かる手のひら

こんなにも別れの朝にふさわしい霧立ち込めるアパホテル前

真っ黒に塗りつぶす夜お揃いのボーダーシャツの白いところを

コダックのフィルムケースに貯めていた君と集めた桜貝たち

断捨離は今日も進まず着古したデニムにうつる君の面影

恋を断ち森にときめき求めてはルーペでのぞく桜の葉脈

跋

安田純生

畑中秀一の第一歌集『靴紐の蝶』は、インドのデリーへの単身赴任を詠んだ一連から始まる。ページを開いた読者は、インドでの仕事や、インドの風物・風俗などを題材にした作品が続くかと予想させられるのであるが、読み進めると必ずしもそうではない。インド詠の題材に選ばれているのは、主として、暮らしの中の孤独感である。

今朝もまたPM2・5に満ちて霞んだ空のデリーにひとり
ひとり居の部屋に笑えばその声も笑顔も壁に吸い込まれゆく
半玉のキャベツを買いぬこの街の誰かと今宵分け合いたくて
船便で「黄桜」取り寄せ人知れずちびちびいただくデリーの夕べ

このような作が目立ち、少なくとも歌詠みとしての作者の視線は、インドでの仕事の内容やインドの風物・風俗などよりも自分自身の孤独な心に向いているといえようか。実は私は、この歌集ほど、仕事を詠みながら、具体的に、どういう仕事に従事しているかが明瞭でない集は、少ないのではないかと思った。それは、インドへ赴任したときの歌に限らない。たとえば、

我もまたその一人にて地下鉄の二分遅れに腕時計見る
訛りある車掌の声に癒される残業帰りの最終電車
卓上の未処理トレイが賑わえり出張明けの朝のオフィスに
三度目のぎっくり腰はオフィスにて重要書類持つ刹那来ぬ
いやいやけど認めたるわというときは決裁印を逆さまに押す

などといった作から、時間に追われ、書類に追われ、残業を強いられ、肉体を酷使される大変な日々であることは理解できても、何に関わる仕

事をしているのか、具体的には、よくわからない。教職しか経験していない私自身の、体験と知識の乏しさということもあろう。しかし、それだけではあるまい。作者が明確に意図していたかどうかは別にして、題材を取捨し、一個人としての自分ではなく、自分を通してビジネスマンの典型的な人物像を浮かび上がらせようとしている気がする。

そのことは、「或る一週間」の章に出て来る作品に、よく現れていると思うのであるが、どうであろうか。同章から、月曜から日曜までの各曜日を詠み込んだ歌を抜いてみる。

朝早き環状線に乗り込んでぐるぐる廻っていたき月曜
ありふれた夜がまた来る初恋の人を偶然見かけた火曜
社員という現実まとう前に飲む白湯が身にしむ水曜の朝
うれしいと向こうで勝手に決めつけた「うれしいお知らせ」届く木曜

よく使うカード数枚先頭へと財布の中で競う金曜

土砂降りにワイパーとめて人知れず青になるまでキスした土曜

「お前らも大変だな」とベンチにて寄り来る鳩と話す日曜

これらを読んで私の脳裏に浮かび上がってくるのは、生身の作者の姿というよりは、ビジネスマンの一つの典型というべき某氏である。その某氏は、休日のあとの月曜は、できれば出社したくないのであろう。「朝早き環状線」と時間を決めているのは、出社せざるを得ないことはわかっているからである。また、水曜にも、「社員」になりきることに一大決心が必要なようである。その前日の火曜の夜には、街で初恋の人を見かけて、昔に戻りたくなっている。金曜の歌では、買い物が想定されているのか。土曜の歌は「キスした」と回想の形になっているから、昔を思い出している歌と解せる。さらに、日曜には、どこかの公園で時間を過ごしているのであろう。「お前らも」とあるから、自分の方も、もちろん「大変」なのである。

こういった日々を過ごしたビジネスマンの某氏は、ともかくも長年にわたって勤めた会社を退職し、退職の日のことは、次のように歌われている。

つきし世辞つかれし世辞の数々を集めて燃やす退職の朝
ロッカーの中の鏡を拭きつつも退職の日の我を映さず
雑踏をすり抜けるワザ身につけた四十年の通勤終える

こういう歌を読んでも、明日よりは自由の身になるからといって、ほっとしているようにも、楽しそうにも感じられない。もちろん、反対に虚脱感を抱いているようにも受けとれない。そういった気持ちをすべて含めたごとき複雑な心情といえようか。「我を映さ」ないのは、自分でも理解しがたい心情のせいではないのか。あるいは、今後は、老いと向き合い、その先に待つ死を認識しておく必要があることと関連しているのかもしれない。この歌集を読んでいくと、そんなふうにも読みとれてくる。

いつの日か私の身にもやってくる電車の席の〈譲られデビュー日〉
夜半ひとり鼻毛を抜けば指さきで見事なまでに銀びかりせり
墓場にてお隣となる人達とすれ違ってるかもしれぬ街

右の三首は、おかしみの滲む歌でもある。ただ、その底に流れているのは、老いと死を意識した折の一種の寂しさであろう。なお、老いと死を主題にした諸作には、母を詠んだ印象深い一連が、これらの歌の前に置かれていて、内容的に呼応する形になっていることを忘れてはなるまい。

不要であろうと思いつつも『靴紐の蝶』について解説めいた拙文を記した。的外れである場合はご容赦を乞う。読者諸賢に願うのは、できれば、ゆっくりと時間をかけて本集を読んでいただきたいということである。

# あとがき

本集は、現代短歌社の第九回現代短歌社賞に応募して佳作となった私の三百首の作品に、近作など九十首を加えたものである。応募した作品を三十首ごとの章立てとしたため、加えた分についても同様の章立てとした。

小題「半玉キャベツ」から「蟋蟀の独奏会」までが応募した作品である。ただし、歌集を編むにあたって何首かは見直した。五十歳半ばからのインドでの単身生活、癌手術、そして帰国後にはコロナ下での母の死など、特にこの五年余りはいろんなことが起きた。従って、短歌を始めて十八年ほどになるが、この作品にはその間に詠んだ歌が多い。

続く「秋晴れの空」はつれづれに詠んだ近作、「銀色の菊」は約四十年続けた会社勤めを昨年末で退いたことにまつわる連作、そして「芯のなきホチキス」は想像をベースに若干の自らの経験も踏まえて詠んだ恋の歌の連作だが、せっかくの機会なので本集に収めることにした。

憧れていた隠居ぐらしを今年から始めたが、このタイミングで第一歌集を出すことで新しい生活への良いスタートを切れたと思う。美しい四季折々の自然を味わいながら、心をときめかせられるような歌を詠んでゆきたい。自然のさまざまな営みやその小さな変化への観察の目が、花鳥風月を愛でる心や、自ら健気に生きてゆこうとする心と一体となったような歌を詠めたらと思っている。

令和四年八月

畑中秀一

著者略歴

畑中秀一（はたなか・しゅういち）

1958年　大阪府生まれ
2006年　白珠入社
2006年　現代歌人協会主催の第35回全国短歌大会大賞
2016年　白珠同人
2017年　第42回白珠新人賞
2021年　現代短歌社主催の第9回現代短歌社賞佳作

大阪府堺市在住

白珠叢書第二五三篇

歌集　靴紐の蝶

二〇二二年八月三十日　第一刷発行

著者　畑中 秀一
発行人　真野 少
発行所　現代短歌社
〒六〇四-八二一二
京都市中京区六角町三五七-四
三本木書院内
電話　〇七五-二五六-八八七二

装丁　かじたにデザイン
印刷　創栄図書印刷
定価　二七五〇円（税込）


ISBN978-4-86534-403-5 C0092 ¥2500E